GRESSET

VER-VERT

LE CARÊME IN-PROMPTU

LE LUTRIN VIVANT

NOTICE PAR G. D'HEYLLI

PARIS

LIBRAIRIE DES BIBLIOPHILES

Rue Saint-Honoré, 338

M DCCC LXX

PETITS CHEFS-D'ŒUVRE

______

VER-VERT

LE CARÊME IN-PROMPTU

LE LUTRIN VIVANT

GRESSET

VER-VERT

LE CARÊME IN-PROMPTU

LE LUTRIN VIVANT

NOTICE PAR G. D'HEYLLI

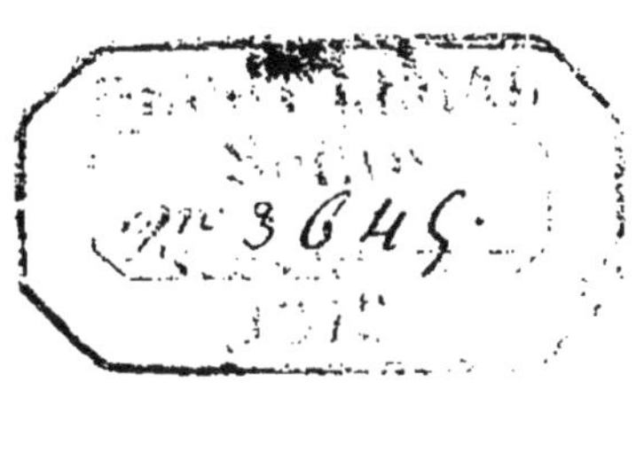

PARIS

LIBRAIRIE DES BIBLIOPHILES

Rue Saint-Honoré, 338

M DCCC LXXII

AVANT-PROPOS

I

RESSET *n'avait pas encore vingt-quatre ans lorsqu'il écrivit son joli poëme de* VER-VERT. *Ancien élève des Jésuites d'Amiens, où il était né en 1709, il entra dans leur ordre à l'âge de seize ans. On l'avait ensuite envoyé à Paris et il était devenu répétiteur au lycée Louis-le-Grand. C'est là qu'il composa* VER-VERT. *Ce spirituel et amusant badinage n'était pas destiné à la publicité : son auteur n'y attachait lui-même qu'une médiocre importance et il en laissa courir plusieurs copies manus-*

crites qui se lisaient dans les salons ou dans « les ruelles » des grandes dames, comme on disait alors : la célébrité de VER-VERT fut donc antérieure à sa publication.

La première édition de VER-VERT date de 1734 : elle fut donnée au public sans l'aveu de Gresset et à son insu [1]. Elle eut d'ailleurs un grand retentissement et fut bien vite dans toutes les mains. L'esprit, la vivacité du style, la gaieté du sujet et de ses développements, la variété ingénieuse des détails et enfin cette circonstance que l'œuvre nouvelle et si rapidement illustre avait pour auteur un jeune homme de vingt-cinq ans tout au plus, concoururent à établir dès le premier jour la grande vogue de VER-VERT. Cet aimable poëme, qui est aussi par la pureté et l'éclat du langage un des chefs-d'œuvre de notre littérature légère, fut aussitôt apprécié à sa juste valeur. Les esprits les plus distingués du temps en étaient tout émerveillés.

« J'ai lû le Poëme que vous m'avez envoyé, écrit Jean-Baptiste Rousseau — à propos de VER-

1. *Vair Vert ou les Voyages du Perroquet de la Visitation de Nevers*, poëme héroï-comique, à La Haye, chez Guillaume Niegard, M DCC XXXIV.

Vert — *au conseiller de Lasseré : je vous avoue-rai, sans flaterie, que je n'ai jamais vû production qui m'ait autant surpris que celle-là..... »*

Rousseau pousse même ensuite l'admiration un peu loin. Il y a certainement dans ses odes une élévation et une grandeur qui lui donnent sur son jeune confrère une supériorité incontestable : aussi exagère-t-il évidemment l'éloge qu'il fait de Gresset, dans la conclusion de cette même lettre, lorsqu'il dit :

« *Je ne sçai si tous mes Confrères modernes et moi ne ferions pas mieux de renoncer au métier que de le continuer après l'apparition d'un phéno-mène aussi surprenant que celui que vous venez de me faire observer, qui nous efface tous dès sa nais-sance et sur lequel nous n'avons d'autre avantage que l'ancienneté que nous serions trop heureux de ne pas avoir. »*

Mais Rousseau est-il bien sincère? Il avait eu, comme on sait, la vie très-difficile. Le dépit de ses longs insuccès ne perce-t-il pas un peu dans le trait final de cette lettre relative à un collègue si-tôt et si vite heureux et célèbre? Dans une autre lettre au père Brumoy, jésuite, Rousseau revient *sur le même sujet; il traite encore VER-VERT de « phénomène littéraire ».*

« Quel prodige, continue-t-il, dans un homme de vingt-six ans!... Quel désespoir pour tous nos prétendus beaux esprits modernes!... Si jamais il peut parvenir à faire des Vers un peu plus difficilement, je prévois qu'il nous effacera tous tant que nous sommes!... »

Et enfin, dans une dernière lettre à M. de Lasseré, Rousseau émet une opinion plus décisive encore et dont la postérité a ratifié la justesse et l'exactitude :

« VER-VERT est un véritable Poëme et le plus agréable badinage que nous ayons dans notre langue [1]. »

Voltaire n'a pas montré le même enthousiasme pour le poëme de Gresset. Jalousie de métier,

1. Voir l'édition de 1760 : *Œuvres de M. Gresset, de l'Académie française.* A Londres, chez Édouard Kermaleck, 2 vol. in-18. L'autre Rousseau (Jean Jacques) ne dédaignait pas non plus le talent de Gresset. Il l'alla voir à Amiens, en 1767, pendant un voyage qui le conduisit dans cette ville. Voir des détails sur leur rencontre dans le tome III des *Confessions,* édition de Musset-Pathay, qui a donné, dans ce volume même, un précis de la vie de Rousseau, pages 159 et 160. Paris, Werdet et Lequien, *Œuvres de Rousseau,* 1827.

dira-t-on. Voltaire, lui aussi, a excellé dans le badinage versifié, dans la poésie légère, dans les petites pièces et dans les petits vers ; mais il n'a laissé, dans ce genre même, rien d'aussi complet ni d'aussi parfait que Ver-Vert. *Son dépit du succès de ce brillant poëme s'est même manifesté par une critique non moins méchante que peu justifiée : dans son Dictionnaire philosophique, il va jusqu'à déclarer que* Ver-Vert, *la* Chartreuse, *etc., sont des poëmes déjà tombés*[1]. *Son auguste ami le grand Frédéric ne partageait pas cet avis. Le 28 mars 1738, n'étant encore que prince royal de Prusse, il écrivait de Remusberg :*

« *La muse de Gresset est dès à présent une des premières du Parnasse français. Cet aimable poëte a le don de s'exprimer avec beaucoup de facilité. Ses épithètes sont justes et nouvelles... On aime ses ouvrages malgré leurs défauts.* »

Cependant Frédéric augura avec moins de bonheur du talent de Gresset comme auteur dramatique.

1. Au mot *Imagination*. Voir *Œuvres complètes de Voltaire*, tome VI du *Dictionnaire philosophique* (page 156), édition Baudouin, 1826, tome LVI.

« ... *Je ne crois pas, dit-il dans la même lettre, qu'il réussisse jamais au théâtre français* [1]. »

La comédie du MÉCHANT, *jouée neuf ans plus tard, devait démentir d'une manière éclatante ce défavorable pronostic.*

La Harpe, si sévère, si injuste parfois, a émis sur VER-VERT *un jugement des plus équitables et qui est devenu définitif :*

« VER-VERT *est plutôt un conte qu'un poëme : ... ce n'est, si l'on veut, qu'un badinage, mais si supérieur et si original, qu'il n'a pas eu d'imitateurs, comme il n'avait pas de modèle* [2]. »

M. Villemain a également apprécié Gresset en quelques mots qui constituent aussi un arrêt sans appel :

« *Gresset fut poëte peu de temps, il est vrai, et sur peu de sujets, mais assez; car il vivra toujours* [3]. »

---

1. Édition de Voltaire déjà citée, *Correspondance*, tome III, page 372, tome LXX des *Œuvres complètes*. Frédéric, devenu roi, avait montré une grande estime pour Gresset ; il tenta même, mais vainement, de l'attirer à sa cour.

2. La Harpe, *Cours de littérature*, édition Depelafol, tome VIII.

3. Villemain, *Cours de littérature* (XVIIIe siècle), tome Ier.

II

Le poëme de VER-VERT*, dans l'édition subreptice qui en fut d'abord donnée, n'était pas divisé en quatre chants comme il le fut par la suite. Le récit se suivait alors d'un bout à l'autre sans aucune interruption. Lorsque Gresset publia lui-même la version définitive de* VER-VERT*, il modifia sensiblement la première qu'il avait laissé répandre. Nous signalons à la fin de ce volume les différences qui existent entre cette première édition et celle que nous avons adoptée pour notre réimpression. La plus importante consiste dans l'addition d'un passage très-étendu que Gresset composa seulement après que le succès de son ouvrage lui eut démontré la nécessité d'en présenter au public une édition plus achevée et plus complète.*

La vogue de VER-VERT *eut son retentissement dans toute l'Europe : on traduisit ce gracieux poëme dans plusieurs langues et notamment en allemand, en italien et en portugais. En France,* VER-VERT*, puis les autres ouvrages de Gresset, ont eu de nombreuses éditions et ont donné lieu à beau-*

coup d'études et de commentaires. L'édition publiée par Renouard en 1811 (2 vol. in-8) est l'une des plus complètes et des plus estimées. Nous indiquons aussi aux bibliophiles, comme devenue très-rare, la jolie petite édition de de Bure (3 vol. in-32, 1826), sortie des presses de Didot, avec un portrait dessiné par Gretz. Enfin, de Cayrol a publié en 1845 un ESSAI SUR LA VIE ET LES OUVRAGES DE GRESSET, qui est plein de détails intéressants, et M. Victor de Beauvillé a imprimé chez Claye, en 1863, un volume qu'il faut aussi consulter : POÉSIES INÉDITES DE GRESSET, précédées de recherches sur ses manuscrits.

Après VER-VERT, les deux poëmes badins, le CARÊME IMPROMPTU et le LUTRIN VIVANT, sont les pièces légères de Gresset qui ont eu le plus de succès et qu'on lit encore aujourd'hui. On y trouve les mêmes qualités aimables, la même observation fine et la pureté et la délicatesse de style qui ont fait la grande fortune de VER-VERT. Dans le LUTRIN VIVANT, Gresset a tout particulièrement fait preuve d'une remarquable dextérité et d'une merveilleuse souplesse de talent qui lui ont permis de rendre charmant et possible un récit quelque peu scabreux *et qui, en des mains d'une touche moins légère et moins habile, fût devenu inconvenant et grossier.*

Le succès du MÉCHANT *ouvrit à Gresset les portes de l'Académie française. Il y remplaça le poëte Antoine Danchet et prononça son discours de réception le 4 avril 1748. Il se retira ensuite à Amiens, et renonça dès lors à la gloire littéraire. Il se maria, puis se jeta avec passion dans la fréquentation des hommes d'église, pratiqua avec rigueur les actes d'une dévotion souvent outrée, et se sépara en quelque sorte du reste du monde. Il s'attira, par cette conduite, de grandes haines; ses doctrines et ses écrits particuliers en faveur de la religion excitèrent surtout la verve méchante de Voltaire, qui, nous l'avons déjà dit, lui fut notoirement hostile. Dans ses lettres de cette dernière époque, Voltaire traite Gresset avec la plus grande vivacité d'expressions; il l'appelle « un polisson », un « fat orgueilleux », un « insolent ex-jésuite », un « plat fanatique », et autres peu gracieuses aménités, dont l'auteur de* LA PUCELLE *ne se montra jamais avare* [1].

1. Lettres à M. d'Argental (juin 1759) et à M. de Cideville (même date).

On ne revit plus Gresset à Paris qu'en de rares
occasions, et alors que son talent semblait éteint et
sa verve épuisée. Dans les derniers temps de sa vie,
il brûla, pour être agréable à son ami et confident
l'évêque d'Amiens, quelques œuvres badines et légères plus récemment composées. Il eût certes alors
brûlé VER-VERT si VER-VERT n'eût pas été connu
et imprimé. Louis XVI, qui venait de monter sur
le trône, lui conféra des lettres de noblesse, faveur
dont Gresset ne jouit que peu de temps et qu'il ne
put transmettre à sa descendance. En effet,
Mlle Galland, sa femme, ne lui donna pas d'enfants. Le 16 juin 1777, Gresset mourait à
Amiens de la rupture d'un abcès dans la poitrine.
Il avait eu une vie heureuse, glorieuse même : mais
il était sans ambition, détestait le monde, aimait
par-dessus tout sa retraite et son intérieur et se
complaisait beaucoup trop dans les mœurs et les
habitudes exclusives de sa province. Sa vive et im-
pressionnable imagination devait, surtout en raison
de la faiblesse de son caractère, se ressentir de
cette existence nouvelle, si peu conforme à celle
qu'il avait eue tout d'abord.

En effet, pendant les trente dernières années de

sa vie, Gresset subit l'influence dominatrice de sa femme et des amis, plus zélés qu'éclairés, qui composaient son entourage. Ils lui apprirent à regretter, comme coupables, ses œuvres déjà publiées; ils l'amenèrent à détruire celles qui n'avaient pas encore vu le jour; ils arrêtèrent, en un mot, au milieu même de son plus vif essor, la complète expansion de ce talent si original et si distingué. Mais, quoi qu'ils aient pu faire, Gresset tiendra toujours un rang des plus honorables dans notre littérature nationale, parce qu'il est l'auteur du MÉCHANT et surtout parce qu'il a écrit VER-VERT.

GEORGES D'HEYLLI.

Avril 1872.

NOTE

La première édition de *Ver-Vert* (La Haye, 1734) donne le poëme de Gresset sans aucune division en chants ni chapitres. Avec de notables différences de texte, elle présente encore cette particularité, que la partie correspondant au quatrième chant renferme quatre-vingt-un vers de moins que les éditions définitives. Aussi ne devions-nous pas adopter le texte de 1734, malgré l'intérêt bibliographique qui s'attache à la reproduction d'une édition originale. Il sera, du reste, très-facile aux bibliophiles de reconstituer la première édition à l'aide des variantes, que nous avons relevées avec le plus grand soin à la fin du volume.

Le texte sur lequel nous avons fait cette réimpression est celui de l'édition de Renouard, regardée jusqu'ici comme la meilleure. C'est aussi celui que nous avions suivi pour nos *Poëmes de Gresset,* imprimés en 1867 à cent exemplaires, et épuisés depuis longtemps.

D. J.

VER-VERT

CHANT PREMIER

Vous près de qui les Graces solitaires
Brillent sans fard et règnent sans fierté,
Vous dont l'esprit, né pour la vérité,
Sait allier à des vertus austeres
Le goût, les ris, l'aimable liberté;
Puisqu'à vos yeux vous voulez que je trace
D'un noble oiseau la touchante disgrace,
Soyez ma Muse, échauffez mes accents,
Et prêtez-moi ces sons intéressants,

Ces tendres sons que forma votre lyre
Lorsque Sultane, au printemps de ses jours,
Fut enlevée à vos tristes amours
Et descendit au ténébreux empire.
De mon héros les illustres malheurs
Peuvent aussi se promettre vos pleurs.
Sur sa vertu, par le sort traversée,
Sur son voyage et ses longues erreurs,
On auroit pu faire une autre Odyssée,
Et par vingt chants endormir les lecteurs;
On auroit pu des fables surannées
Ressusciter les diables et les dieux,
Des faits d'un mois occuper des années,
Et, sur des tons d'un sublime ennuyeux,
Psalmodier la cause infortunée
D'un perroquet non moins brillant qu'Énée,
Non moins dévôt, plus malheureux que lui;
Mais trop de vers entraînent trop d'ennui.
Les Muses sont des abeilles volages :
Leur goût voltige, il fuit les longs ouvrages,
Et, ne prenant que la fleur d'un sujet,
Vole bientôt sur un nouvel objet.
Dans vos leçons j'ai puisé ces maximes;
Puissent vos lois se lire dans mes rimes!

Si, trop sincere, en traçant ces portraits,
J'ai dévoilé les mysteres secrets,
L'art des parloirs, la science des grilles,
Les graves riens, les mystiques vétilles,
Votre enjoûment me passera ces traits;
Votre raison, exempte de foiblesses,
Sait vous sauver ces fades petitesses;
Sur votre esprit, soumis au seul devoir,
L'illusion n'eut jamais de pouvoir :
Vous savez trop qu'un front que l'art déguise
Plaît moins au Ciel qu'une aimable franchise.
Si la vertu se montroit aux mortels,
Ce ne seroit ni par l'art des grimaces,
Ni sous des traits farouches et cruels,
Mais sous votre air, ou sous celui des Graces,
Qu'elle viendroit mériter nos autels.

Dans maint auteur de science profonde
J'ai lu qu'on perd à trop courir le monde :
Très-rarement en devient-on meilleur.
Un sort errant ne conduit qu'à l'erreur.
Il nous vaut mieux vivre au sein de nos Lares,
Et conserver, paisibles casaniers,
Notre vertu dans nos propres foyers,
Que parcourir bords lointains et barbares;

Sans quoi le cœur, victime des dangers,
Revient chargé de vices étrangers.
L'affreux destin du héros que je chante
En éternise une preuve touchante :
Tous les échos des parloirs de Nevers,
Si l'on en doute, attesteront mes vers.

A Nevers donc, chez les Visitandines,
Vivoit naguere un perroquet fameux,
A qui son art et son cœur généreux,
Ses vertus mème et ses graces badines,
Auroient dû faire un sort moins rigoureux,
Si les bons cœurs étoient toujours heureux.
Ver-Vert (c'étoit le nom du personnage),
Transplanté là de l'indien rivage,
Fut, jeune encore, ne sachant rien de rien,
Au susdit cloître enfermé pour son bien.
Il étoit beau, brillant, leste et volage,
Aimable et franc comme on l'est au bel àge,
Né tendre et vif, mais encore innocent;
Bref, digne oiseau d'une si sainte cage,
Par son caquet digne d'être en couvent.

Pas n'est besoin, je pense, de décrire
Les soins des sœurs, des nonnes, c'est tout dire,
Et chaque mere, après son directeur,

N'aimoit rien tant; même dans plus d'un cœur,
Ainsi l'écrit un chroniqueur sincere,
Souvent l'oiseau l'emporta sur le pere.
Il partageoit, dans ce paisible lieu,
Tous les sirops dont le cher pere en Dieu,
Grace aux bienfaits des nonnettes sucrées,
Réconfortoit ses entrailles sacrées.
Objet permis à leur oisif amour,
Ver-Vert étoit l'ame de ce séjour.
Exceptez-en quelques vieilles dolentes,
Des jeunes cœurs jalouses surveillantes,
Il étoit cher à toute la maison.
N'étant encor dans l'âge de raison,
Libre, il pouvoit et tout dire et tout faire;
Il étoit sûr de charmer et de plaire.
Des bonnes sœurs égayant les travaux,
Il béquetoit et guimpes et bandeaux:
Il n'étoit point d'agréable partie
S'il n'y venoit briller, caracoler,
Papillonner, siffler, rossignoler;
Il badinoit, mais avec modestie,
Avec cet air timide et tout prudent
Qu'une novice a, même en badinant.
Par plusieurs voix interrogé sans cesse,

Il répondoit à tout avec justesse :
Tel autrefois César, en même temps,
Dictoit à quatre en styles différents.

    Admis par-tout, si l'on en croit l'histoire,
L'amant chéri mangeoit au réfectoire ;
Là, tout s'offroit à ses friands desirs ;
Outre qu'encor, pour ses menus plaisirs,
Pour occuper son ventre infatigable,
Pendant le temps qu'il passoit hors la table,
Mille bonbons, mille exquises douceurs,
Chargeoient toujours les poches de nos sœurs.
Les petits soins, les attentions fines,
Sont nés, dit-on, chez les Visitandines ;
L'heureux Ver-Vert l'éprouvoit chaque jour,
Plus mitonné qu'un perroquet de cour ;
Tout s'occupoit du beau pensionnaire,
Ses jours couloient dans un noble loisir.

    Au grand dortoir il couchoit d'ordinaire ;
Là, de cellule il avoit à choisir ;
Heureuse encor, trop heureuse, la mere
Dont il daignoit, au retour de la nuit,
Par sa présence honorer le réduit !
Très rarement les antiques discretes
Logeoient l'oiseau ; des novices proprettes

L'alcôve simple étoit plus de son goût :
Car remarquez qu'il étoit propre en tout.
Quand chaque soir le jeune anachorete
Avoit fixé sa nocturne retraite,
Jusqu'au lever de l'astre de Vénus,
Il reposoit sur la boîte aux agnus.
A son réveil, de la fraîche nonnette,
Libre témoin, il voyoit la toilette.
Je dis toilette, et je le dis tout bas :
Oui, quelque part j'ai lu qu'il ne faut pas
Aux fronts voilés des miroirs moins fideles
Qu'aux fronts ornés de pompons et dentelles.
Ainsi qu'il est pour le monde et les cours
Un art, un goût de modes et d'atours,
Il est aussi des modes pour le voile;
Il est un art de donner d'heureux tours
A l'étamine, à la plus simple toile.
Souvent l'essaim des folàtres amours,
Essaim qui sait franchir grilles et tours,
Donne aux bandeaux une grace piquante,
Un air galant à la guimpe flottante;
Enfin, avant de paroître au parloir,
On doit au moins deux coups-d'œil au miroir.
Ceci soit dit entre nous, en silence.

Sans autre écart, revenons au Héros.

Dans ce séjour de l'oisive indolence,
Ver-Vert vivoit sans ennuis, sans travaux ;
Dans tous les cœurs il régnoit sans partage.
Pour lui sœur Thecle oublioit les moineaux ;
Quatre serins en étoient morts de rage,
Et deux matous, autrefois en faveur,
Dépérissoient d'envie et de langueur.

Qui l'auroit dit, en ces jours pleins de charmes,
Qu'en pure perte on cultivoit ses mœurs ;
Qu'un temps viendroit, temps de crime et d'alarmes,
Où ce Ver-Vert, tendre idole des cœurs,
Ne seroit plus qu'un triste objet d'horreurs !
Arrête, Muse, et retarde les larmes
Que doit coûter l'aspect de ses malheurs,
Fruit trop amer des égards de nos sœurs.

CHANT SECOND

N juge bien qu'étant à telle école,
Point ne manquoit du don de la parole
L'oiseau disert; hormis dans les repas,
Tel qu'une nonne, il ne déparloit pas.
Bien est-il vrai qu'il parloit comme un livre,
Toujours d'un ton confit en savoir-vivre.
Il n'étoit point de ces fiers perroquets
Que l'air du siecle a rendus trop coquets,
Et qui, sifflés par des bouches mondaines,
N'ignorent rien des vanités humaines.
Ver-Vert étoit un perroquet dévot,
Une belle ame innocemment guidée;
Jamais du mal il n'avoit eu l'idée,

Ne disoit onc un immodeste mot ;
Mais, en revanche, il savoit des cantiques,
Des *oremus*, des colloques mystiques,
Il disoit bien son *Benedicite*,
Et *Notre Mere* et *Votre Charité* ;
Il savoit même un peu de soliloque,
Et des traits fins de Marie Alacoque.
Il avoit eu, dans ce docte manoir,
Tous les secours qui menent au savoir.
Il étoit là maintes filles savantes
Qui mot pour mot portoient dans leurs cerveaux
Tous les noëls anciens et nouveaux.
Instruit, formé par leurs leçons fréquentes,
Bientôt l'éleve égala ses régentes ;
De leur ton même, adroit imitateur,
Il exprimoit la pieuse lenteur,
Les saints soupirs, les notes languissantes,
Du chant des sœurs, colombes gémissantes ;
Finalement, Ver-Vert savoit par cœur
Tout ce que sait une mere de chœur.

Trop resserré dans les bornes d'un cloître,
Un tel mérite au loin se fit connoître ;
Dans tout Nevers, du matin jusqu'au soir,
Il n'étoit bruit que des scenes mignonnes

Du perroquet des bienheureuses nonnes;
De Moulins même on venoit pour le voir.
Le beau Ver-Vert ne bougeoit du parloir.
Sœur Mélanie, en guimpe toujours fine,
Portoit l'oiseau : d'abord, aux spectateurs
Elle en faisoit admirer les couleurs,
Les agréments, la douceur enfantine;
Son air heureux ne manquoit point les cœurs;
Mais la beauté du tendre néophyte
N'étoit encor que le moindre mérite :
On oublioit ses attraits enchanteurs
Dès que sa voix frappoit les auditeurs.
Orné, rempli de saintes gentillesses
Que lui dictoient les plus jeunes professes,
L'illustre oiseau commençoit son récit;
A chaque instant de nouvelles finesses,
Des charmes neufs, varioient son débit :
Eloge unique et difficile à croire
Pour tout parleur qui dit publiquement,
Nul ne dormoit dans tout son auditoire.
Quel orateur en pourroit dire autant?
On l'écoutoit, on vantoit sa mémoire;
Lui, cependant, stylé parfaitement,
Bien convaincu du néant de la gloire,

Se rengorgeoit toujours dévotement,
Et triomphoit toujours modestement.
Quand il avoit débité sa science,
Serrant le bec et parlant en cadence,
Il s'inclinoit d'un air sanctifié,
Et laissoit là son monde édifié.
Il n'avoit dit que des phrases gentilles,
Que des douceurs, excepté quelques mots
De médisance, et tels propos de filles
Que par hasard il apprenoit aux grilles,
Ou que nos sœurs traitoient dans leur enclos.

Ainsi vivoit dans ce nid délectable,
En maître, en saint, en sage véritable,
Pere Ver-Vert, cher à plus d'une Hébé,
Gras comme un moine et non moins vénérable,
Beau comme un cœur, savant comme un abbé ;
Toujours aimé, comme toujours aimable ;
Civilisé, musqué, pincé, rangé ;
Heureux enfin, s'il n'eût pas voyagé.

Mais vint ce temps d'affligeante mémoire,
Ce temps critique où s'éclipse sa gloire.
O crime ! O honte ! O cruel souvenir !
Fatal voyage aux yeux de l'avenir !
Que ne peut-on en dérober l'histoire !

Ah ! qu'un grand nom est un bien dangereux !
Un sort caché fut toujours plus heureux.
Sur cet exemple, on peut ici m'en croire,
Trop de talents, trop de succès flatteurs,
Traînent souvent la ruine des mœurs.

Ton nom, Ver-Vert, tes prouesses brillantes,
Ne furent point bornés à ces climats ;
La renommée annonça tes appas,
Et vint porter ta gloire jusqu'à Nantes.
Là, comme on sait, la Visitation
A son bercail de révérendes meres,
Qui, comme ailleurs, dans cette nation,
A tout savoir ne sont pas les dernieres ;
Par quoi bientôt, apprenant des premieres
Ce qu'on disoit du perroquet vanté,
Desir leur vint d'en voir la vérité.
Desir de fille est un feu qui dévore,
Desir de nonne est cent fois pis encore.
Déja les cœurs s'envolent à Nevers ;
Voilà d'abord vingt têtes à l'envers
Pour un oiseau. L'on écrit tout à l'heure
En Nivernois à la supérieure,
Pour la prier que l'oiseau plein d'attraits
Soit pour un temps amené par la Loire,

Et que, conduit au rivage nantais,
Lui-même il puisse y jouir de sa gloire,
Et se prêter à de tendres souhaits.
  La lettre part. Quand viendra la réponse?
Dans douze jours; quel siecle jusque-là!
Lettre sur lettre, et nouvelle semonce :
On ne dort plus; sœur Cécile en mourra.
  Or, à Nevers arrive enfin l'épître.
Grave sujet; on tient le grand chapitre.
Telle requête effarouche d'abord.
Perdre Ver-Vert! O Ciel, plutôt la mort!
Dans ces tombeaux, sous ces tours isolées,
Que ferons-nous si ce cher oiseau sort?
Ainsi parloient les plus jeunes voilées,
Dont le cœur vif, et las de son loisir,
S'ouvroit encore à l'innocent plaisir :
Et, dans le vrai, c'étoit la moindre chose
Que cette troupe étroitement enclose,
A qui, d'ailleurs, tout autre oiseau manquoit,
Eût pour le moins un pauvre perroquet.
L'avis pourtant des meres assistantes,
De ce sénat antiques présidentes,
Dont le vieux cœur aimoit moins vivement,
Fut d'envoyer le pupille charmant

Pour quinze jours : car, en têtes prudentes,
Elles craignoient qu'un refus obstiné
Ne les brouillât avec nos sœurs de Nantes.
Ainsi jugea l'État embéguiné.
  Après ce bill des myladys de l'ordre,
Dans la commune arrive grand désordre :
Quel sacrifice ! Y peut-on consentir ?
Est-il donc vrai ? dit la sœur Séraphine.
Quoi ! nous vivons, et Ver-Vert va partir !
D'une autre part, la mere sacristine
Trois fois pâlit, soupire quatre fois,
Pleure, frémit, se pâme, perd la voix.
Tout est en deuil : je ne sais quel présage
D'un noir crayon leur trace ce voyage ;
Pendant la nuit, des songes pleins d'horreur
Du jour encor redoublent la terreur.
Trop vains regrets ! L'instant funeste arrive ;
Jà tout est prêt sur la fatale rive ;
Il faut enfin se résoudre aux adieux
Et commencer une absence cruelle ;
Et chaque sœur gémit en tourterelle,
Et plaint d'avance un veuvage ennuyeux.
Que de baisers, au sortir de ces lieux,
Reçut Ver-Vert ! Quelles tendres alarmes !

On se l'arrache, on le baigne de larmes :
Plus il est près de quitter ce séjour,
Plus on lui trouve et d'esprit et de charmes.
Enfin, pourtant, il a passé le tour :
Du monastere, avec lui, fuit l'Amour.
Pars, va, mon fils, vole où l'honneur t'appelle,
Reviens charmant, reviens toujours fidele;
Que les zéphyrs te portent sur les flots,
Tandis qu'ici dans un triste repos
Je languirai, forcément exilée,
Sombre, inconnue, et jamais consolée;
Pars, cher Ver-Vert, et, dans ton heureux cours,
Sois pris par-tout pour l'aîné des Amours.
Tel fut l'adieu d'une nonnain poupine,
Qui, pour distraire et charmer sa langueur,
Entre deux draps avoit, à la sourdine,
Très souvent fait l'oraison dans Racine,
Et qui, sans doute, auroit de très grand cœur
Loin du couvent suivi l'oiseau parleur.

  Mais c'en est fait, on embarque le drôle,
Jusqu'à présent vertueux, ingénu,
Jusqu'à présent modeste en sa parole :
Puisse son cœur, constamment défendu,
Au cloître, un jour, rapporter sa vertu !

Quoi qu'il en soit , déja la rame vole,
Du bruit des eaux les airs ont retenti,
Un bon vent souffle, on part, on est parti.

CHANT TROISIÈME

L A même nef légere et vagabonde
Qui voiturait le saint oiseau sur l'onde
Portoit aussi deux nymphes, trois dragons,
Une nourrice, un moine, deux Gascons :
Pour un enfant qui sort du monastere,
C'étoit échoir en dignes compagnons !
Aussi Ver-Vert, ignorant leurs façons,
Se trouva là comme en terre étrangere :
Nouvelle langue et nouvelles leçons.
L'oiseau surpris n'entendoit point leur style ;
Ce n'étoit plus paroles d'évangile,
Ce n'étoit plus ces pieux entretiens,
Ces traits de Bible et d'oraisons mentales,

Qu'il entendoit chez nos douces vestales,
Mais de gros mots et non des plus chrétiens :
Car les dragons, race assez peu dévote,
Ne parloient là que langue de gargotte ;
Charmant au mieux les ennuis du chemin,
Ils ne fêtoient que le patron du vin ;
Puis les Gascons et les trois péronnelles
Y concertoient sur des tons de ruelles ;
De leur côté, les bateliers juroient,
Rimoient en Dieu, blasphémoient et sacroient ;
Leur voix, stilée aux tons mâles et fermes,
Articuloit sans rien perdre des termes.
Dans le fracas, confus, embarrassé,
Ver-Vert gardoit un silence forcé ;
Triste, timide, il n'osoit se produire,
Et ne savoit que penser ni que dire.

Pendant la route on voulut par faveur
Faire causer le perroquet rêveur ;
Frere Lubin, d'un ton peu monastique,
Interrogea le beau mélancolique ;
L'oiseau bénin prend son air de douceur,
Et, vous poussant un soupir méthodique,
D'un ton pédant répond : *Ave, ma Sœur.*
A cet *Ave* jugez si l'on dut rire ;

Tous en *chorus* bernent le pauvre sire;
Ainsi berné, le novice interdit
Comprit en soi qu'il n'avoit pas bien dit,
Et qu'il seroit mal mené des commeres
S'il ne parloit la langue des confreres.
Son cœur né fier, et qui jusqu'à ce temps
Avoit été nourri d'un doux encens,
Ne put garder sa modeste constance
Dans cet assaut de mépris flétrissants.
A cet instant, en perdant patience,
Ver-Vert perdit sa premiere innocence.
Dès-lors ingrat, en soi-même il maudit
Les cheres sœurs, ses premieres maîtresses,
Qui n'avoient pas su mettre en son esprit
Du beau françois les brillantes finesses,
Les sons nerveux et les délicatesses.
A les apprendre il met donc tous ses soins,
Parlant très peu, mais n'en pensant pas moins.
D'abord l'oiseau, comme il n'étoit pas bête,
Pour faire place à de nouveaux discours,
Vit qu'il devoit oublier pour toujours
Tous les gaudés qui farcissoient sa tête :
Ils furent tous oubliés en deux jours,
Tant il trouva la langue à la dragonne

Plus du bel air que les termes de nonne.
En moins de rien l'éloquent animal
(Hélas! jeunesse apprend trop bien le mal!)
L'animal, dis-je, éloquent et docile,
En moins de rien fut rudement habile.
Bien vîte il sut jurer et maugréer
Mieux qu'un vieux diable au fond d'un bénitier :
Il démentit les célebres maximes
Où nous lisons qu'on ne vient aux grands crimes
Que par degrés. Il fut un scélérat
Profès d'abord, et sans noviciat.
Trop bien sut-il graver en sa mémoire
Tout l'alphabet des bateliers de Loire ;
Dès qu'un d'iceux, dans quelque vertigo,
Lâchoit un *mor*.... Ver-Vert faisoit l'écho.
Lors, applaudi par la bande susdite,
Fier et content de son petit mérite,
Il n'aima plus que le honteux honneur
De savoir plaire au monde suborneur,
Et, dégradant son généreux organe,
Il ne fut plus qu'un orateur profane.
Faut-il qu'ainsi l'exemple séducteur
Du ciel au diable emporte un jeune cœur!

Pendant ces jours, durant ces tristes scenes,

Que faisiez-vous dans vos cloîtres déserts,
Chastes Iris du couvent de Nevers?
Sans doute, hélas! vous faisiez des neuvaines
Pour le retour du plus grand des ingrats,
Pour un volage indigne de vos peines,
Et qui, soumis à de nouvelles chaînes,
De vos amours ne faisoit plus de cas.
Sans doute, alors, l'accès du monastere
Étoit d'ennuis tristement obsédé;
La grille étoit dans un deuil solitaire,
Et le silence étoit presque gardé.
Cessez vos vœux, Ver-Vert n'en est plus digne;
Ver-Vert n'est plus cet oiseau révérend,
Ce perroquet d'une humeur si bénigne,
Ce cœur si pur, cet esprit si fervent.
Vous le dirai-je? Il n'est plus qu'un brigand,
Lâche apostat, blaphémateur insigne;
Les vents légers et les nymphes des eaux
Ont moissonné le fruit de vos travaux.
Ne vantez point sa science infinie :
Sans la vertu, que vaut un grand génie?
N'y pensez plus : l'infâme a sans pudeur
Prostitué ses talents et son cœur.
  Déjà pourtant on approche de Nantes,

Où languissoient nos sœurs impatientes ;
Pour leurs desirs le jour trop tard naissoit.
Des cieux trop tard le jour disparoissoit.
De ces ennuis, l'espérance flatteuse,
A nous tromper toujours ingénieuse,
Leur promettoit un esprit cultivé,
Un perroquet noblement élevé,
Une voix tendre, honnête, édifiante,
Des sentiments, un mérite achevé.
Mais, ô douleur ! ô vaine et fausse attente !
    La nef arrive, et l'équipage en sort.
Une touriere étoit assise au port :
Dès le départ de la premiere lettre
Là chaque jour elle venoit se mettre,
Ses yeux, errant sur le lointain des flots,
Sembloient hâter le vaisseau du héros.
En débarquant aupres de la béguine,
L'oiseau madré la connut à la mine,
A son œil prude ouvert en tapinois,
A sa grand' coiffe, à sa fine étamine,
A ses gants blancs, à sa mourante voix,
Et mieux encore à sa petite croix.
Il en frémit, et même il est croyable
Qu'en militaire il la donnoit au diable,

Trop mieux aimant suivre quelque dragon
Dont il savoit le bachique jargon
Qu'aller apprendre encor les litanies,
La révérence et les cérémonies.
Mais force fut au grivois dépité
D'être conduit au gîte détesté.
Malgré ses cris, la tourière l'emporte.
Il la mordoit, dit-on, de bonne sorte,
Chemin faisant, les uns disent au cou,
D'autres au bras; on ne sait pas bien où.
D'ailleurs, qu'importe? A la fin, non sans peine,
Elle l'annonce. Avec grande rumeur
Le bruit en court. Aux premieres nouvelles
La cloche sonne : on étoit lors au chœur.
On quitte tout, on court, on a des ailes :
« C'est lui, ma sœur, il est au grand parloir! »
On vole en foule, on grille de le voir.

  Les vieilles même, au marcher symétrique ,
Des ans tardifs ont oublié le poids ;
Tout rajeunit, et la mere Angélique
Courut alors pour la premiere fois.

CHANT QUATRIÈME

ON voit enfin, on ne peut se repaître
Assez les yeux des beautés de l'oiseau :
C'étoit raison, car le frippon, pour être
Moins bon garçon, n'en étoit pas moins beau ;
Cet œil guerrier et cet air petit-maître
Lui prêtoient même un agrément nouveau.
Faut-il, grand Dieu ! que sur le front d'un traître
Brillent ainsi les plus tendres attraits !
Que ne peut-on distinguer et connoître
Les cœurs pervers à de difformes traits !
Pour admirer les charmes qu'il rassemble
Toutes les sœurs parlent toutes ensemble :
En entendant cet essaim bourdonner

On eût à peine entendu Dieu tonner.
Lui, cependant, parmi tout ce vacarme,
Sans daigner dire un mot de piété,
Rouloit les yeux d'un air de jeune carme.
Premier grief : cet air trop effronté
Fut un scandale à la communauté.
En second lieu, quand la mere prieure,
D'un air auguste, en fille intérieure,
Voulut parler à l'oiseau libertin,
Pour premiers mots, et pour toute réponse,
Nonchalamment et d'un air de dedain,
Sans bien songer aux horreurs qu'il prononce,
Mon gars répond avec un ton faquin :
« Par la corbleu! que les nonnes sont folles! »
L'histoire dit qu'il avoit en chemin
D'un de la troupe entendu ces paroles.
A ce début la sœur Saint-Augustin,
D'un air sucré, voulant le faire taire
En lui disant : « Fi donc, mon très cher frère! »
Le très cher frere, indocile et mutin,
Vous la rima très richement en tain.
« Vive Jésus! il est sorcier, ma mere! »
Reprend la sœur. Juste Dieu! quel coquin! »
Quoi! c'est donc là ce perroquet divin? »

Ici Ver-Vert, en vrai gibier de Greve,
L'apostropha d'un *La peste te creve!*
Chacune vint pour brider le caquet
Du grenadier : chacune eut son paquet.
Turlupinant les jeunes précieuses,
Il imitoit leur courroux babillard ;
Plus déchaîné sur les vieilles grondeuses,
Il bafouoit leur sermon nasillard.

Ce fut bien pis quand, d'un ton de corsaire,
Las, excédé de leurs fades propos,
Bouffi de rage, écumant de colere,
Il entonna tous les horribles mots
Qu'il avoit su rapporter des bateaux,
Jurant, sacrant, d'une voix dissolue,
Faisant passer tout l'enfer en revue ;
Les B, les F, voltigeoient sur son bec.
Les jeunes sœurs crurent qu'il parloit grec.
«Jour de Dieu !... mor !... mille pipes de diables !»
Toute la grille, à ces mots effroyables,
Tremble d'horreur : les nonnettes sans voix
Font, en fuyant, mille signes de croix ;
Toutes, pensant être à la fin du monde,
Courent en poste aux caves du couvent,
Et sur son nez la mere Cunégonde

Se laissant choir, perd sa derniere dent.
Ouvrant à peine un sépulcral organe :
« Pere Éternel! dit la sœur Bibiane,
Miséricorde! ah! qui nous a donné
Cet antechrist, ce démon incarné!
Mon doux Sauveur! en quelle conscience
Peut-il ainsi jurer comme un damné!
Est-ce donc là l'esprit et la science
De ce Ver-Vert si chéri, si prôné?
Qu'il soit banni! qu'il soit remis en route!
O dieu d'amour! reprend la sœur Écoute,
Quelles horreurs! chez nos sœurs de Nevers,
Quoi! parle-t-on ce langage pervers!
Quoi! c'est ainsi qu'on forme la jeunesse!
Quel hérétique! ô divine sagesse!
Qu'il n'entre point! avec ce Lucifer
En garnison nous aurions tout l'enfer. »
   Conclusion : Ver-Vert est mis en cage;
On se résout, sans tarder davantage,
A renvoyer le parleur scandaleux.
Le pélerin ne demandoit pas mieux.
Il est proscrit, déclaré détestable,
Abominable, atteint et convaincu
D'avoir tenté d'entamer la vertu

Des saintes sœurs. Toutes de l'exécrable
Signent l'arrêt, en pleurant le coupable,
Car quel malheur qu'il fût si dépravé,
N'étant encor qu'à la fleur de son âge,
Et qu'il portât sous un si beau plumage
La fiere humeur d'un escroc achevé,
L'air d'un païen, le cœur d'un réprouvé !

Il part enfin, porté par la touriere,
Mais sans la mordre en retournant au port.
Une cabane emporte le compere,
Et sans regret il fuit ce triste bord.

De ses malheurs telle fut l'Iliade.
Quel désespoir, lorsqu'enfin de retour
Il vint donner pareille sérénade,
Pareil scandale en son premier séjour !
Que résoudront nos sœurs inconsolables?
Les yeux en pleurs, les sens d'horreur troublés,
En manteaux longs, en voiles redoublés,
Au discrétoire entrent neuf vénérables :
Figurez-vous neuf siecles assemblés.
Là, sans espoir d'aucun heureux suffrage,
Privé des sœurs qui plaideroient pour lui,
En plein parquet enchaîné dans sa cage,
Ver-Vert paroît sans gloire et sans appui.

On est aux voix : déjà deux des sibylles
En billets noirs ont crayonné sa mort ;
Deux autres sœurs, un peu moins imbécilles,
Veulent qu'en proie à son malheureux sort
On le renvoie au rivage profane
Qui le vit naître avec le noir brahmane ;
Mais de concert les cinq dernieres voix
Du châtiment déterminent le choix :
On le condamne à deux mois d'abstinence,
Trois de retraite, et quatre de silence ;
Jardin, toilette, alcoves et biscuits,
Pendant ce temps lui seront interdits.
Ce n'est point tout : pour comble de misere,
On lui choisit pour garde, pour geoliere,
Pour entretien, l'Alecton du couvent,
Une converse, infante douairiere,
Singe voilé, squelette octogénaire,
Spectacle fait pour l'œil d'un pénitent.
Malgré les soins de l'Argus inflexible,
Dans leurs loisirs souvent d'aimables sœurs,
Venant le plaindre avec un air sensible,
De son exil suspendoient les rigueurs.
Sœur Rosalie, au retour de matines,
Plus d'une fois lui porta des pralines ;

Mais dans les fers, loin d'un libre destin,
Tous les bonbons ne sont que chicotin.

Couvert de honte, instruit par l'infortune,
Ou las de voir sa compagne importune,
L'oiseau contrit se reconnut enfin :
Il oublia les dragons et le moine.
Et, pleinement remis à l'unisson
Avec nos sœurs pour l'air et pour le ton,
Il redevint plus dévot qu'un chanoine.
Quand on fut sûr de sa conversion,
Le vieux divan, désarmant sa vengeance,
De l'exilé borna la pénitence.

De son rappel, sans doute, l'heureux jour
Va pour ces lieux être un jour d'alégresse ;
Tous ses instants, donnés à la tendresse,
Seront filés par la main de l'Amour.
Que dis-je? hélas ! ô plaisirs infideles !
O vains attraits de délices mortelles !
Tous les dortoirs étoient jonchés de fleurs :
Café parfait, chansons, course légere,
Tumulte aimable et liberté pleniere,
Tout exprimoit de charmantes ardeurs,
Rien n'annonçoit de prochaines douleurs.
Mais, de nos sœurs ô largesse indiscrete !

Du sein des maux d'une longue diete
Passant trop tôt dans des flots de douceurs,
Bourré de sucre et brûlé de liqueurs,
Ver-Vert, tombant sur un tas de dragées,
En noirs cyprès vit ses roses changées.
En vain les sœurs tâchoient de retenir
Son ame errante et son dernier soupir;
Ce doux excès hâtant sa destinée,
Du tendre amour victime fortunée,
Il expira dans le sein du plaisir.
On admiroit ses paroles dernieres.
Vénus enfin, lui fermant les paupieres,
Dans l'Élysée et les sacrés bosquets
Le mene au rang des héros perroquets,
Près de celui dont l'amant de Corine
A pleuré l'ombre et chanté la doctrine.
Qui peut narrer combien l'illustre mort
Fut regretté? La sœur dépositaire
En composa la lettre circulaire
D'où j'ai tiré l'histoire de son sort.
Pour le garder à la race future,
Son portrait fut tiré d'après nature.
Plus d'une main, conduite par l'Amour,
Sut lui donner une seconde vie

Par les couleurs et par la broderie ;
Et la Douleur, travaillant à son tour,
Peignit, broda les larmes alentour.
On lui rendit tous les honneurs funebres
Que l'Hélicon rend aux oiseaux célebres.
Au pied d'un myrte on plaça le tombeau
Qui couvre encor le Mausole nouveau.
Là, par la main des tendres Artémises,
En lettres d'or ces rimes furent mises
Sur un porphyre environné de fleurs ;
En les lisant on sent naître ses pleurs :

Novices qui venez causer dans ces bocages,
    A l'insu de nos graves sœurs,
Un instant, s'il se peut, suspendez vos ramages,
    Apprenez nos malheurs.
Vous vous taisez : si c'est trop vous contraindre,
    Parlez, mais parlez pour nous plaindre ;
Un mot vous instruira de nos tendres douleurs :
Ci-gît Ver-Vert, ci-gisent tous les cœurs.

  On dit pourtant (pour terminer ma glose
En peu de mots) que l'ombre de l'oiseau
Ne loge plus dans le susdit tombeau ;

Que son esprit dans les nonnes repose,
Et qu'en tout temps, par la métempsychose,
De sœurs en sœurs l'immortel perroquet
Transportera son ame et son caquet.

CARÊME IN-PROMPTU

ous un ciel toujours rigoureux,
Au sein des flots impétueux,
Non loin de l'armorique plage,
Il est une isle, affreux rivage,
Habitacle marécageux,
Moitié peuplé, moitié sauvage,
Dont les habitants malheureux,
Séparés du reste du monde,
Semblent ne connoître que l'onde
Et n'être connus que des cieux.
Des nouvelles de la nature
Viennent rarement sur ces bords;
On n'y sait que par aventure,

Et par de très tardifs rapports,
Ce qui se passe sur la terre,
Qui fait la paix, qui fait la guerre,
Qui sont les vivants et les morts.
     De cette étrange résidence
Le curé, sans trop d'embarras,
Enseveli dans l'indolence
D'une héréditaire ignorance,
Vit de baptème et de trépas,
Et d'offices qu'il n'entend pas.
Parmi les notables de l'isle
Il est regardé comme habile
Quand il peut dire quelquefois
Le mois de l'an, le jour du mois.
On va penser que j'exagere,
Et que j'outre le caractere.
   « Quelle apparence? dira-t-on;
   « Quelle isle assez abandonnée
   « Ignore le temps de l'année?
   « Non, ce trait ne peut être bon
   « Que dans une isle imaginée
   « Par le fabuleux Robinson. »
De grace, censeur incrédule,
Ne jugez point sur ce soupçon.

Un fait narré sans fiction
Va vous enlever ce scrupule :
Il porte la conviction ;
Je n'y mettrai que la façon.

    Le curé de l'isle susdite,
Vieux papa, bon israëlite
(N'importe quand advint le cas),
N'avoit point avant les étrennes
Fait apporter de nos climats
De guide-ânes ni d'almanachs
Pour le guider dans ses antiennes
Et régler ses petits états.
Il reconnut sa négligence ;
Mais trop tard vint la prévoyance.

    La saison ne permettoit pas
De faire voile vers la France :
Abandonnée aux noirs frimas,
La mer n'étoit plus praticable,
Et l'on n'espéroit les bons vents
Qui rendent l'onde navigable
Et le continent abordable
Qu'à la naissance du printemps.

    Pendant ces trois mois de tempête,
Que faire sans calendrier ?

Comment placer les jours de fête ?
Comment les différencier ?
Dans une pareille méprise,
Quelque autre curé plus savant
N'auroit pu régir son église,
Et peut être dévotement,
Bravant les fougues de la bise,
Se seroit livré sans remise
Aux périls du moite élément ;
Mais, pour une telle imprudence
Doué d'un trop bon jugement,
Notre bon prêtre assurément
Chérissoit trop son existence.
C'étoit d'ailleurs un vieux routier,
Qui, s'étant fait une habitude
Des fonctions de son métier,
Officioit sans trop d'étude,
Et qui, dans sa décrépitude,
Dégoisoit psaumes et leçons
Sans y faire tant de façons.
Prenant donc son parti sans peine,
Il annonce le premier mois,
Et recommande par trois fois
A son assistance chrétienne

De ne point finir la semaine
Sans chommer la fête des Rois.
Ces premiers points étoient faciles ;
Il ne trouva de l'embarras
Qu'en pensant qu'il ne sauroit pas
Où ranger les fêtes mobiles.
Qu'y faire enfin ? Peu scrupuleux,
Il décida, ne pouvant mieux,
Que ces fêtes, comme ignorées,
Ne seroient chez lui célébrées
Que quand, au retour du zéphir,
Lui-même il auroit pu venir
Prendre langue dans nos contrées.
Il crut cet avis selon Dieu.
Ce fut celui de son vicaire,
De Javotte sa ménagère
Et de son magister Matieu,
La plus forte tête du lieu.
   Ceci posé, janvier se passe ;
Plus agile encor dans son cours,
Février fuit ; mars le remplace,
Et l'aquilon régnoit toujours.
Du printemps avec patience
Attendant le prochain retour,

Et sur l'annuelle abstinence
Prétendant cause d'ignorance,
Ou, bonnement et sans détour,
Par faute de réminiscence,
Notre vieux curé chaque jour
Se mettoit sur la conscience
Un chapon de sa basse-cour.
Cependant, poursuit la chronique,
Le carême depuis un mois
Sur tout l'univers catholique
Étendoit ses austeres lois;
L'isle seule, grace au bon homme,
A l'abri des statuts de Rome,
Voyoit ses libres habitants
Vivre en gras pendant tout ce temps.
De vrai, ce n'étoit fine chere;
Mais cependant chaque insulaire,
Mi-paysan et mi-bourgeois,
Pouvoit parer son ordinaire
D'un fin lard flanqué de vieux pois.
A l'exemple du presbytere,
Tous, dans cette erreur salutaire,
Soupoient pour nous d'un cœur joyeux,
Tandis que nous jeûnions pour eux.

Enfin pourtant le froid Borée
Quitta l'onde plus tempérée.
Voyant qu'il étoit plus que temps
D'instruire nos impénitents,
Le diable, content de lui-même,
Ne retarda plus le printemps :
C'étoit lui qui, par stratagême,
Leur rendant contraire tout vent,
Avoit voulu, chemin faisant,
Leur escamoter un carème,
Pour se divertir en passant.
Le calme rétabli sur l'onde,
Mon curé, selon son serment,
Pour voir comment alloit le monde,
S'embarque sans retardement,
S'étant bien lesté la bedaine
De quatre tranches de jambon :
Fait digne de réflexion,
Car de la sainte quarantaine
Déja la cinquieme semaine
Venoit de commencer son cours.
Il vient ; il trouve avec surprise
Que dans l'empire de l'église
Pâque revenoit dans dix jours.

« Dieu soit loué ! prenons courage,
« Dit-il, enfonçant son castor ;
« Grace au Seigneur, notre voyage
« Se trouve fait à temps encor
« Pour pouvoir, dans mon hermitage,
« Féter Pàque selon l'usage. »
Content, il rentre sur son bord,
Après avoir fait ses emplettes
Et d'almanachs et de lunettes.
Il part, il arrive à bon port
Dans ses solitaires retraites.
Le lendemain, jour des Rameaux,
Prônant avec un zele extrème,
Il notifie à ses vassaux
La date de notre carême.
« Mais, poursuit-il, j'ai mon système,
« Mes freres, nous n'y perdrons rien,
« Et nous les rattraperons bien.
« D'abord, avant notre abstinence,
« Pour garder l'usage ancien
« Et bien remplir toute observance,
« Le Mardi-gras sera mardi ;
« Le jour des Cendres, mercredi ;
« Suivront trois jours de pénitence,

« Dans toute l'isle on jeûnera ;
« Et dimanche, unis à l'église,
« Sans plus craindre aucune méprise,
« Nous chanterons l'*Alleluia*. »

LUTRIN VIVANT

D E mes écrits aimable confident,
Cher Ségonzac, ma muse solitaire
De ses ennuis brisant la chaîne austere,
Vient près de toi retrouver l'enjoûment.
Je m'en souviens, lorsqu'un sort plus charmant
Nous unissoit sur les rives de Loire,
Aux champs heureux dont Tours est l'ornement,
Lieux toujours chers au dieu de l'agrément,
Je te promis qu'au temple de Mémoire
Je placerois le pupitre vivant
Dont je t'appris la naissance et la gloire :
Je l'ai promis, je remplis mon serment.
A dire vrai, cette moderne histoire
Est un peu folle, il en faut convenir.

Est-ce un défaut? non, si c'est un plaisir.
Dans les langueurs de la mélancolie,
Quoi! la sagesse est-elle de saison?
Un trait comique, une vive saillie,
Marqués au coin de l'aimable folie,
Consolent mieux qu'une froide oraison
Que prêche en vain l'ennuyeuse raison.
Quoi qu'il en soit, ma Minerve sévere
Adoucira ces grotesques portraits,
Et, les voilant d'une gaze légere,
Ne montrera que la moitié des traits.
Venons au fait : honni qui mal y pense!
Attention! j'ai toussé : je commence.

Non loin des bords du Cher et de l'Auron,
Dans un climat dont je tairai le nom,
Est un vieux bourg dont l'église sans vitres
A pour clergé le plus gueux des chapitres.
Là ne sont point de ces mortels fleuris,
Qui, dans les bras d'une heureuse indolence,
Exempts d'étude et libres d'abstinence,
N'ont qu'à nourrir leur brillant coloris :
On ne voit là que pâles effigies
Qui du champagne onc ne furent rougies,
Que maigres clercs, chanoines avortons,

Sans rabats fins et sans triples mentons,
Contraints d'aller, traînant leurs faces blêmes,
A chaque office et de chanter eux-mêmes.
Ils ont pourtant, pour aider leur labeur,
Un chapelain et quatre enfants de chœur ;
Ces jouvenceaux ont leur gîte ordinaire
Chez dame Barbe ; elle leur sert de mere
Et de soutien ; le public est leur pere.

Il faut savoir, pour plus grande clarté,
Que dame Barbe est une octogénaire,
Un vétéran de la communauté,
Fille jadis, aujourd'hui douairiere,
Qui dès seize ans, d'un siecle corrompu
Craignant l'écueil, pour mettre sa vertu
Mieux à couvert des mondains et des moines,
Crut devoir vivre auprès d'un des chanoines.
D'abord servante, ensuite adroitement
Elle parvint jusqu'au gouvernement.
Déja trois fois elle a vu dans l'église
De pere en fils chaque charge transmise.
Barbe, en un mot, au chapitre susdit
De race en race a gardé son crédit.
Or chez ladite arriva notre histoire
En juin dernier : l'aventure est notoire.

Par cas fortuit, l'enfant de chœur Lucas
Avoit usé l'étui des pays bas ;
Vous m'entendez : sa culotte trop mûre
Le trahissoit par mainte découpure :
Déjà la breche, augmentant tous les jours,
Démanteloit la place et les faubourgs.
Barbe le voit, s'attendrit ; mais que faire?
Elle étoit pauvre, et l'étoffe étoit chere,
D'une autre part, le chapitre étoit gueux ;
Et puis d'ailleurs le petit malheureux,
Ouvrage né d'un auteur anonyme,
Ne connoissant parents ni légitime,
N'avoit en tout dans ce stérile lieu
Pour se chauffer que la grace de Dieu ;
Il languissoit dans une triste attente,
Gardant la chambre, et rarement debout.
Enfin pourtant l'habile gouvernante
Sut lui forger une armure décente
A peu de frais et dans un nouveau goût :
Nécessité tire parti de tout ;
Nécessité d'industrie est la mere.
Chez Barbe étoit un vieux antiphonaire,
Vieux graduel, ample et poudreux bouquin,
Dont aux bons jours on paroit le lutrin ;

D'épais lambeaux d'un parchemin gothique
Formoient le corps de ce grimoire antique ;
De ces feuillets, de la crasse endurcis,
L'âge avoit fait une étoffe en glacis.
La vieille crut qu'on pouvoit sans dommages
Du livre affreux détacher quelques pages :
Elle en prend quatre, et les coud proprement
Pour relier un volume vivant.
Mais le hasard voulut que l'ouvriere,
Très peu savante en pareille matiere,
Dans les feuillets qu'elle prit sans façon,
Prît justement la messe du patron.
L'ouvrage fait, elle en coiffe à la diable
L'humanité du petit misérable ;
Par quoi Lucas, chamarré de plain-chant,
Ne craignoit plus les insultes du vent.
Or cependant arrive la saint Brice,
Fête du lieu, fête du grand office :
Le maître-chantre, intendant du lutrin,
Vient au grand livre ; il cherche, mais en vain ;
A feuilleter il perd et temps et peine :
Il jure, il sacre, il s'imagine enfin
Qu'un chœur de rats a mangé les antiennes ;
Mais par bonheur, dans ce triste embarras,

Ses yeux distraits rencontrent mon Lucas,
Qui, de grimauds renforçant une troupe,
Sans le savoir, portoit l'office en croupe.
Le chantre lit, et retrouve au niveau
Tous ses versets sur ce livre nouveau.
Sur l'heure il fait son rapport au chapitre.
On délibere; on décide soudain
Que le marmot, braqué sur le pupitre,
Y servira de livre et de lutrin.
Sur cet arrêt, on le style au service;
En quatre tours il apprend l'exercice.
Déja d'un air intrépide et dévot
Lucas s'accroche à l'aigle du pivot;
A livre ouvert le chapier en lunettes
Vient entonner; un groupe de mazettes
Très gravement poursuit ce chant falot,
Concert grotesque et digne de Callot.
    Tout alloit bien jusques à l'Évangile.
Ferme et plus fier qu'un sénateur romain,
Lucas, tenant sa façade immobile,
Avec succès auroit gagné la fin;
Mais, par malheur, une guêpe incivile,
Par la couture entr'ouvrant le vélin,
Déconcerta le sensible lutrin.

D'abord il souffre, il se fait violence,
Et, tenant bon, il enrage en silence;
Mais l'aiguillon allant toujours son train,
Pour éviter l'insecte impitoyable,
Le Lutrin fuit en criant comme un diable,
Et loin de là va, partant comme un trait,
Pour se guérir retourner le feuillet.
Le fait est sûr, sans peine on peut m'en croire :
De deux Gascons je tiens toute l'histoire.

   C'est pour toi seul, ami tendre et charmant,
Que j'ai permis à ma muse exilée,
Loin de tes yeux tristement isolée,
De s'égayer sur cet amusement,
Fruit d'un caprice, ouvrage d'un moment :
Que loin de toi jamais il ne transpire.

   Si par hasard il vient à d'autres yeux,
Les esprits francs qui daigneront le lire,
Sans s'appliquer, follement scrupuleux,
A me trouver un crime dans mes jeux,
Honoreront peut-être d'un sourire
Ce libre essor d'un aimable délire,
Délassement d'un travail sérieux.
Pour les bigots et les froids précieux,
Peuple sans goût, gens qu'un faux zele inspire,

De nos chansons critiques ténébreux,
Censeurs de tout, exempts de rien produire,
Sans trop d'effroi je m'attends à leur ire.
Déja j'en vois un trio langoureux
S'ensevelir dans un réduit poudreux,
Fronder mes vers, foudroyer et proscrire
Ce badinage, en faire un monstre affreux ;
Je les entends gravement s'entre-dire
D'un air capable et d'un ton doucereux :
« Y pense-t-il? quel écrit scandaleux !
« Quel temps perdu ! Pourquoi, s'il veut écrire,
« Ne prend-il point des sujets plus pompeux,
« Des traits moraux, des éloges fameux? »
Mais, dédaignant leur absurde satire,
Aimable abbé, nous ne ferons que rire
De voir ainsi ces graves ennuyeux
Perdre à gronder, à me chercher des crimes,
Bien plus de temps et de peines entre eux
Que je n'en perds à façonner ces rimes.

Pour toi, fidele au goût, au sentiment,
Franc des travers de leur aigre doctrine,
Tu n'iras point peser stoïquement
Au grave poids d'une raison chagrine
Les jeux légers d'une muse badine.

Non : la raison, celle que tu chéris,
A ses côtés laisse marcher les Ris,
Et laisse au froc ces vertus trop fardées,
Qu'un plaisir fin n'a jamais déridées.
Ainsi pensoit l'amusant Du Cerceau :
Sage, enjoué, vertueux sans rudesse,
Des sages faux évitant la tristesse,
Il badina sans s'écarter du beau,
Et sans jamais effrayer la sagesse.
Ainsi les traits de son heureux pinceau
Plairont toujours, et de races en races
Vivront gravés dans les fastes des Graces;
Et les censeurs, obstinés à ternir
Son art chéri, par l'ennui pédantesque
D'un françois fade, ou d'un latin tudesque,
Endormiront les siecles à venir.

VARIANTES DE LA PREMIÈRE ÉDITION

La Haye, 1734.

Nota. — *Tout ce qui est imprimé en caractères ita-liques appartient au texte de l'édition de* 1734.

Page 2, vers 15. — *Course,* au lieu de : cause.

— vers 18. — *Emportent,* au lieu de : entrainent.

P. 3, v. 6. — *Une,* au lieu de : votre.

— v. 19 à 21 :
Très rarement meilleur on en devient,
Presque toujours pire encore on revient.
Mieux vaut cent fois vivre au sein de nos Lares.

P. 4, v. 3 à 6 :
Sûr est ce point; mais, pour preuve plus ample,
Au dernier siècle il en fut un exemple
Triste, étonnant, mais trop vrai; tout Nevers,
Si l'on en doute, attestera mes vers.

P. 5, v. 20. — *Se pavaner,* au lieu de : papillonner.

P. 6, v. 6. — *Oiseau,* au lieu de : amant.

P. 7, v. 12. — *Clinquants,* au lieu de : pompons.

P. 8. — Les vers 4 à 8 manquent.

P. 9, v. 8. — *Art,* au lieu de : air.

P. 10, v. 1. — *Savoit,* au lieu de : disoit.

— v. 6. — *Du,* au lieu de : de.

— v. 10. — *Plusieurs,* au lieu de : maintes.

P. 11, au lieu des vers 16 et 17, les trois suivants :

Toujours avec de nouvelles finesses,
Un vrai talent, un gracieux débit,
Et se montroit un prodige d'esprit.

— Après le v. 22 se trouve en plus le suivant :

Son goût, ses tours, son air de sentiment.

P. 12, v. 21. — *Éclipsa,* au lieu de : éclipse.

P. 13, v. 11. — *Troupeau,* au lieu de : bercail.

P. 14, v. 3. — *Justes,* au lieu de : tendres.

— v. 12. — *Désolées,* au lieu de : isolées.

— Les vers 17 à 20 manquent.

— v. 24. — *Perroquet,* au lieu de : pupille.

P. 15, v. 5 et 6 :

A cet arrêt des myladys de l'ordre,
La chambre basse entre en fort grand désordre.

— v. 22. — *Déja,* au lieu de : d'avance.

P. 16, v. 9. — *Poussant de vains sanglots,* au lieu de :
dans un triste repos.

— v. 11. — *Triste,* au lieu de : sombre.

— v. 24. — *Gîte,* au lieu de : cloitre.

P. 18, v. 4. — *Frappart,* au lieu de : moine.

P. 19, v. 23 et 24, et p. 20, v. 1. — Au lieu de ces
derniers vers :

Ni lieux communs du Pré spirituel,
Chateau de l'Ame, *ou chants du rituel,*

Ni traits de Bible et d'oraisons mentales,
Tels qu'il oyoit chez nos douces vestales;
Ce n'étoient plus de pieux entretiens.

P. 20, v. 5 et 6 :

Trinquant sans cesse à tire-là-rigot,
Ils n'entonnoient que des hymnes d'argot.

— v. 13. — *Ce,* au lieu de : le.

— v. 15. — *Et muet,* au lieu de : timide.

— v. 18. — *Jaser,* au lieu de : causer.

— v. 20. — *Interrogeant,* au lieu de : interrogea.

P. 21, v. 6. — *Renier,* au lieu de : jurer et.

— v. 12. — *Aux dépens de sa gloire,* au lieu de : graver en sa mémoire.

P. 22, v. 10. — *Muette et,* au lieu de : dans un deuil.

— v. 19. — *Les fruits,* au lieu de : le fruit.

— v. 20. — *Plus,* au lieu de : point.

— v. 22. — *Ingrate,* au lieu de : infâme.

P. 23, v. 2 et v. 3. — *Phébus,* au lieu de : le jour.

— v. 4. — *Dans,* au lieu de : de.

— v. 21. — *Doucette,* au lieu de : mourante.

— v. 24. — *Que dans son âme,* au lieu de : qu'en militaire.

P. 24, v. 11. — *N'importe,* au lieu de : qu'importe.

P. 26, v. 4. — *C***,* au lieu de : carme.

— Le vers 11 manque.

— v. 13. — *D'un ton sec et chagrin,* au lieu de : avec un ton faquin.

— v. 22. — *Ciel! qu'en sçait-il?* au lieu de : Vive Jésus !

P. 27, v. 9. — *Front,* au lieu de : ton.

— v. 18. — *Mor... Ventre... Sac...,* au lieu de : Jour de Dieu !... mor !...

— Après le verset 21, vient celui-ci :

Et pensent voir le grand diable en personne.

Les cinq vers suivants manquent, et dans le sixième (le 3ᵉ de la p. 28), sœur Bibiane est remplacée par *mere Simonne.*

P. 28, v. 10 et 11 :

Sans plus tarder qu'on le remette en route !
Vive Jésus !

— v. 19. — *Douter,* au lieu de : tarder.

— v. 23. — *Traître, imposteur,* au lieu de : abominable.

P. 29, v. 2. — *Et pleurent,* au lieu de : en pleurant.

P. 29 à 32. — Le passage qui s'étend du vers 12 de la page 29 au vers 20 (compris) de la page 32 manque dans l'édition.

P. 33, v. 12. — *Jaser,* au lieu de : causer.

— v. 16. — *Pour,* au lieu de : trop.

Erratum. — Par suite de l'inexécution d'une correction, le vers suivant a été omis dans le chant III, après le vers 11 de la page 24 :

Dans le couvent la béate l'amène.

TABLE

Imprimé par D. JOUAUST

POUR LA COLLECTION

DES PETITS CHEFS-D'ŒUVRE

MAI 1873